菊池 未生

KIKUCHI Mio

想い出が
遠くに
消えないうちに

文芸社

想い出が遠くに消えないうちに　目次

絵描きとしてのスタート

私は下手ながら二十四回、絵の個展を開催してきました。

ある日展系の先生が「人前に発表しないと上達しないよ」と言われたのがきっかけです。

そのため、三十五歳位から、毎年のように個展を開催する事に決めました。

お正月と夏休みを除けば、一ケ月に三枚のペース、一年で三十枚ほどの絵を描く計算です。

主婦業が本業でしたから、すべての家事が終わった夜八時以後の二時間程、キャンバスに向かうのです。夜の照明によるライティングと朝の自然光では、色がまったく違って見えるので、結局朝にもう一度、色の確認をすることになりました。

今思えば、若くて体力があったから出来たのですね。

最初の個展に主人の仕事関係の作家の池波正太郎さんが来てくださいました。先生御自身も絵がお上手でしたので、恥ずかしい限りでした。後にタウン誌「銀座百点」に個展の感想を書かれていましたが、「思ったより上手」との事。まあ在り来たりの誉め言葉ですがね。

話は変わりますが、バブル期の月曜日のギャラリーは、何処もオープニングパーティーで賑わっておりました。

一度、フランスで個展をした時は、ギャラリーのオーナーが気を利かせてくださり、多くの日本人や、馴染みのフランス人を集めてくださいました。

お客様は、この時を逃すまいと、ワインやオードブルに群がり、フランス流のパーティーを華やかにしてくださいました。

はるばる日本から駆け付けてくださった、私の友人達は、その光景に圧倒されておりました。

あの時、日本人はなんて遠慮深い人種なんだろうと改めて日本人の謙虚さに誇りを感じました。

初めての個展

私が三十代半ばの頃、初めて銀座の小さなギャラリーで個展を開催した時の事です。当時の絵仲間やテニス仲間の友人が、オープニングパーティーの手伝いに来てくださいました。

しかし初めての個展に来てくださる知り合いはまばらで、友人と私は時間を持て余しておりました。

ところがある時間になると、十人程の男の人の団体様がぞろぞろ入って来るなり、即座に料理を食べ出したのです。

友人は「お知り合いなの？」と私に聞いてきます。「うーん、知らないわ」と答えたところ、団体様も察しがついたのか、ひとりの方が私に近づき、耳元で「勝目先生と寄らせていただきました」と挨拶され、なる程と私は納得。

しかし、それまで食べ続けていた団体様はどう見ても、旅芸人の一座にしか見えませんでした。

勝目梓さんは、主人が、編集の仕事で大変お世話になっております。私共夫婦を鴨川の御自宅に呼んでくださり、新鮮な鯵のお刺身を御馳走してくださった程、気さくな方でいらっしゃいましたが、当時はまだ実際にお会いした事はありませんでした。きっとバーに繰り出す前の腹ごしらえだったという事ですかね。

個展中には、佐野洋さんや逢坂剛さん、大沢在昌さん、早乙女貢さん、牛次郎さんなどが来てくださいました。

牛次郎さんは得度されてからは、お寺の住職となられ、私たちが伊東に向かう折には、何度か熱海のお寺に寄らせていただきました。

それにしても、お若い頃は革ジャンがよくお似合いでした牛さんが、まさかお坊さんになられて、袈裟を着ることになるとは……。

早乙女貢さんも絵がお上手な先生です。当日は粋なお着物姿でいらしてくださったことが今でも目に焼き付いています。

佐野洋さんは、とても仲のよい奥様とご一緒にいらしてくださいました。先生はとても近寄り難いオーラがありました。

逢坂剛さんは、お若い頃はとても気さくな方でいらっしゃいましたが、年々近寄り難い雰囲気を醸し出されております。

エッチングの危険

美術学校の学生の頃、私は専攻に版画を選びました。

その中にはエッチングやリトグラフやシルクスクリーンが含まれておりました。

どれも一通り勉強しましたが、一番熱心に学んだのがエッチングでした。

今思えば、心理学かフランス語でも取っておけば良かったのですが……。

エッチングの授業は週に二度程あり、最初に教室に入った時には、薬品の臭いが鼻をつきました。

エッチングは、銅版を硝酸液で腐食させるため、身体に良い筈はないと思うまでには、随分と時が経ってしまいました。

しかも卒業後も十年間、週に一度、版画室に通い続けていました。

その後は自宅に版画室を作り、比較的安全な第二塩化鉄を使用する事にしました。

イタリアのビエンナーレで賞をお取りになった版画家で、私の恩師である斎藤寿一先生は、パリ留学でスタンリー・ウィリアム・ヘイターや浜口陽三に師事されておりました。

先生のお話によりますと、駒井哲郎は舌癌でこの世を去ったと聞かされました。先生御自身も白血病にかかり、六十代初めにこの世を去ってしまわれました。

また、ある知人の版画家も脳腫瘍になり、お若いのに亡くなられたとの事でした。もっともショックだったのは、私の一番大切な友人も、やはりエッチングをやっておりまして、病に倒れてしまった事です。

その後、私は大好きな友人を失う事になり、淋しい想いに打ちひしがれる事となりました。

私も、いつ病に襲われるかと不安を抱いて暮らしておりますが、今となっては運命に身を任せるしかないようですね。

それでも五十歳を過ぎてからは、健康が第一と思うようになり、エッチングからは身を引くことにいたしました。

個展での出来事

個展を始めた当初は、銀座七丁目の小さな画廊でした。

バブル期の個展中は、毎年沢山のお客様がいらしてくださいました。

オープニングパーティーの際には、小さな画廊に人が収まりきらず、道路まで人が溢れる程でした。

更にお花も沢山頂戴しましたので、画廊は花の香りが溢れておりました。

一際目立ちましたのが、井上ひさしさんのお名前の付いたお花でした。

そのため、画廊の前を通りかかった若者が、画廊に入るなり、「井上ひさしさんと知り合いなら、サインを貰えませんか」と言ってきました。

かなりのファンだったようですが、丁寧にお断わりをしました。

また、こんな事もありました。

やはり作家の笹沢佐保さんの奥様が画廊にいらし、芳名帳に笹沢佐保とサインしておりましたが、サインを見た方が「笹沢佐保さんがいらしたのですか」と聞かれたのです。ペンネームが奥様の本名だという事を後に主人に聞かされ、びっくりした事がありました。

また、ハードボイルドの大沢在昌さんには一度、とても大きなお花をいただきました。

すると大沢さんの名前に釣られて、お客様が入ってこられるのです。

有名人のネームバリューの凄さを実感させられる一件でした。

まだお若い頃の大沢さんは、我が家によくいらしたり、軽井沢の山小屋にお泊りにいらしたりと、とても気さくな方でしたが、今ではハードボイルド作家の大御所となり貫禄も十分です。

川瀬流投げ入れはお見事

私は三十歳後半、西武デパート内で、テーブルコーディネーターとして教えていらした友人の紹介で、川瀬敏郎さんの授業を受ける事が出来ました。

その関係で、川瀬先生が私の個展に来てくださいました。

千疋屋のフルーツゼリーを抱えて、画廊に入って来られるお姿は、今でも目に焼き付いております。

当時の私の絵は、未熟であったにも拘らず、「白い顔の女」そんなタイトルだったと思いますが、比較的小さな絵を買ってくださいました。

お掛け軸として、床の間にぴったりとおっしゃるのでびっくりいたしました。

普通の人の感覚ですと、床の間には掛け軸を飾るのが常識と思っておりましたが、床の間に油彩画の、それも女の人の顔の絵を飾る独自のセンスに、一般人とは異なる斬新さをお持ちだと知り、勉強になりました。

芸術のすべては、個性と人の心を突き動かすような鋭さが、とても大切な事なのだと学びました。

今は私も引っ越し、先生も引っ越され、疎遠になっておりますが、時折、家庭画報などで活躍されていらっしゃる先生を拝見いたしております。

当時、京都育ちの先生は、東京人は野暮だと感じていらしたようですが。今では先生もすっかり東京人に染まってしまったのではないでしょうか。

茶道

私がお茶を始めるきっかけは、美しい和菓子が頂ける事でした。また、先生のお宅のお庭が当時の私を癒してくれた事です。主人の実家の雑司が谷から、車で四十分程の場所でした。月に二回伺うのですが、そのお楽しみは、二十年程続きました。とても優しい先生で、友人のように接してくださるので、茶道を覚えるというより、遊びに行くという感覚で、長く続けることが出来たのだと思います。

その頃、お茶の先生に頼まれて、茶道具の絵付けをするようになり、私の絵を描く楽しみは、染色や茶道具の絵付けへと、多岐にわたることになりました。

四十歳を過ぎてからは、中野区に引っ越し更にお茶の先生宅が近くなり、今思えばお稽古の後のおしゃべりが楽しみでした。

私の家の前の御婆さんなどは、私が着物を端折り、車を運転するのを見て、毎回びっくりされておりました。

そのうち、膝が悪くなり、楽しみだったお稽古も伺えなくなってしまいました。

今は先生に出会えたことへの感謝の気持でいっぱいです。

そして、私の絵付けしたお道具を使ってくださっていることを、嬉しく思っております。

今はインスタント方式で、毎日一回お抹茶を頂きますが、そんな時が私の至福の時間なのです。ふふ。

料理

私が自慢出来る事と言えば、手際の良い母のお料理です。

月島の叔父と叔母の家で育った母は、下町の甘辛の味で育ったため、私もその味を引き継ぐことになりました。

また母の叔父が二人共料理人でした。

月島の叔父は、当時皇室の御召し列車の料理人であり、浦和の叔父は、外国航路の料理人でありました。

母は子供の頃、伊豆の下田で育ち、父親が炭問屋を営んでいた為、船で大阪に炭を運ぶ度に、よく父に付いて行ったようです。

そんな食べることが大好きだった母は、作ることも、かなりの腕前でした。

私も母の手料理で育ちましたので、味付けは比較的しっかりしたもので、私の味付け右に倣《なら》えでした。
しかし、昨今では、健康の為に薄味にしております。
やはり母に似て、私もお料理好きです。
そんな理由で、私は絶えず料理スクールを渡り歩いておりました。
東京会館に通っていた時には、つわりが酷く、最後まで通いきれませんでした。
また、月に一度は友人を招き、家庭的なお料理を作っておりました。
一度、バンコクの空港で知り合ったインドの方を和食でお招きしたことがあります。
郵便局の研修で初めて日本に来るということで、和食を体験して欲しかったのです。
宗教上、お肉が駄目ということで、精進料理のような献立でしたが、美味しかった
か、苦手だったかは、今となってはご本人にしか分かりません。
なにしろスパイスの国からいらした方ですから……。

癒しの国

もう四十年以上も前のお話です。

ハードボイルド作家の生島治郎さんや大沢在昌さん、数社の編集者さん達と一緒に、韓国にゴルフ旅行に誘われ、参加させていただきました。

すると生島先生が「お前達、香港に行ってるのならタイのが面白いぞ」と、バンコク行きを勧められ、結局最初は先生御夫妻と御一緒する事になりました。

バンコクに到着しましたら、真っ先にタイシルクで有名なジムトンプソンへ。光沢のある美しいシルクに、私はすっかり魅了されました。

迷いながら、二着分を選びましたが、奥様（生島先生の小説『片翼だけの天使』のモデルになられた方ですが）は「此処から此処までじぇーんぶね」と言われ、私と店員さんはびっくり。作家の奥様はスケールが違うんだなあと思い、ただただ圧倒されるばかりでした。

また、ホテル内にある洋服屋さんは、一日目に布とデザインを決め、二日目に仮縫いをし、三日目には出来上がっている程の超スピーディーさでびっくりいたしました。しかも雑誌のエレガンスなどからデザインを選んで、指差せば、まったく同じものを作ってくれます。

一方、街の洋服屋さんには、マットミーという古布（日本の着物の紬のような手織りした布）で作られた洋服があり、私は大のお気に入りでした。

ほかにも金や銀、天然石のキラキラがある反面、自然をテーマにした木製のナチュラルな作品が多く、心の底から癒される国でした。

バンコクこそ、私の感性にぴったりな国なのです。

生島先生も今ごろ天国では、タイの空を彷徨っていらっしゃるに違いありません。

自由の国

バンコクの朝は、クラクションの音で目覚めます。

暑い国なのに、朝の空気はとても爽やか。

我が家が常宿にしていたホテルは、作家の生島治郎さんお勧めの、サイアムインターコンチネンタルホテルでした。

今は幻のホテルとなってしまいましたが、王妃のお母様の御実家の土地に建つホテルでお庭のプールの周りには、鳥達が自由に遊び、何とも贅沢な時間が漂っておりました。お庭でお散歩している猫はシャム猫です。とてもお洒落な猫なのでバッグに入れて持ち帰りたいと思ったぐらい。冗談ですが……。

毎回の楽しみは、やはり朝の色とりどりのフルーツの豊かさでした。日本では高級なフルーツばかりなので、ほとんどフルーツでお腹がいっぱいになるほどでした。

ホテルの隣のビルには、サイアムショッピングセンターがあり、お店が開くと同時に、化粧品売り場を通ると、店員さん達がお店に並べてある見本の化粧品を顔に塗りたくっている光景はタイならではで、最初はびっくりしました。

また、ホテルに入っている洋服屋の店員さん達は裸足でお客様を接待しますし、ランチ中にお客様が入ってきても、平然と食べ続けています。

ショッピングセンターの若い店員さんは女装して仕事をしており、私はなんと自由な国民性の国と思い、すっかり気に入ってしまいました。

バンコクは何処へ行ってもお店だらけで、買い物好きの私にとっては天国、何しろ金や銀の宝飾品があちこちに輝いていて、人を元気にしてくれる不思議さがありました。

サイアム地区に居るだけで、一日があっという間に過ぎてしまう程、お店が多く、アジア人は本当に買い物が好きな民族だと改めて思い知らされました。

夕方には必ずという程スコールがあり、激しい雨の後は涼しくなるのですが、足はびしょびしょ、人々がゴム草履なのも納得。

とにかくすべてが新鮮で、ワクワクする国なのです。

買い物天国

バンコクにはもう三十回以上行っていますが、ＢＴＳ（スカイトレイン）が走るようになってから随分経ちます。以前はいつも渋滞に巻き込まれ、僅かな移動にも、かなりの時間がかかりました。

タイの渋滞は日常茶飯事、そのため妊婦さんにとっては地獄。タクシーの中で生まれてしまう事は、そう珍しい事ではないようでした。そのため、運転手さんも赤ちゃんを取り上げるのに慣れているとの事、本当にびっくりでした。

話は変わりますが、以前テレビで美川憲一さんが『徹子の部屋』に出演していて、バンコクでひとりでＢＴＳに乗り、間違えて反対方向に行ってしまって困っていた時、恥をしのんで、たまたまホームに居た日本人カップルに聞いたという話をしていましたが、私もサイアム辺りの靴屋さんから美川憲一さんが出て来たところを見た事がありました。

タイの靴や洋服はキラキラが多いので、お好みの商品を沢山買って帰るのだろうと想像してしまいました。

また、買い物で思い出すのは、サイアムショッピングセンターの隣の新しいビルに入っている、アルマーニエックスチェンジの店で買い物をしていた時、周りを警官が囲む物物しさ、クーデターでも起こったのかと一瞬心がざわつきましたが、クミポン国王の王女様がお買い物に来ていらしたのでした。

まだ十代の可愛らしい王女様が、おひとりでお買い物にいらしていたのですね。

それにしても、警護の数の多さにはびっくりいたしました。

あれから二十年が経ちましたが、今でも、あの可愛らしさは健在でいらっしゃいますでしょうか。

不思議の国

もうタイのバンコクに行かなくなってから十年以上が経ちますが、最初に行った四十数年前のバンコクは、トラックの荷台に人が大勢乗っていたり、ポンコツ車が走っているような、レトロな風景が目に飛び込んでくる街でした。

人々の足元を見ると、殆どの人がゴム草履を履いているような時代でした。

ところが回数を重ねる毎に、ベンツやＢＭＷやアウディなどが急速に増え始め、高度成長の早さを実感する程でした。

日本でもコロナ禍になる以前、京都の嵐山に行くと、年々、中国人以外にタイ人も増えているのに驚きました。

肌がオークル系の女の子が着物を着て、嵐山界隈を歩いている姿は、不思議な光景でもありました。

そういえば、タイの女性は日本人の肌の白さに憧れて、資生堂の化粧品を欲しがると言っていたのを思い出しました。

実際、タイのマッサージ店などに行くと、オークル系の顔に白いファンデーションがくっきり、首は隠そうとしていないために、白いお面を被っているような有様、最初はびっくりでした。それでも、タイ古式マッサージは安く、買い物で歩き疲れた身体には最高でした。日本人が多く住むスクンビットはマッサージ店が多く、我々もよく通ったものです。

また、サイアム地区にある日本人夫婦が経営するエステサロンにも通いました。

鼻の周りを針で突いて毛穴の汚れを取るのですが、日本人は一年中汗をかく訳ではないので、汗腺の穴が小さいのか、痛くて我慢出来ず、「それだけはやめてください」とお願いした程でした。

あれだけはもう二度とやりたくありません。

本当に、〝超〟痛かったです。

消えたスカーフ

何年か前に、一度も行った事のない淡路島に行った時の出来事です。

大きなホテルは、お客様で賑わっておりました。

我々夫婦の楽しみは、ゆっくりいただく朝のバイキングスタイルの朝食。

どんな食べ物が並んでいるのか、地方に行った時の楽しみのひとつでした。

私はテーブルをキープするために、いつものようにスカーフを椅子に引っかけ、食事を取りに行きました。

戻ってくると、私のスカーフが掻き消えていました。

側に居たウエイトレスさんに、消えたスカーフの話をしていると、隣に居た外国人相手のコンダクターの人が、話に割って入り「どんなスカーフですか」と聞いてきたので、これこれこのようなスカーフですと説明したところ「ちょっと待っててください」と言い残し、その場を去って行きました。

その間、食事を始めていますと、十分もしないうちに、コンダクターが「これではないでしょうか」と私のスカーフを持ってきました。

私はびっくりしながら「そうです」と答えると、「すみません、うちのツアー客のひとりが持っていました」と謝ってきました。

この行動の早さに私はびっくり、これは何回もやっているなと思いました。

お気に入りのスカーフが戻った事で、私は満足でしたが、顔は呆れ顔だったかもしれません。

この経験によって、日本人の常識は世界には通用しないのだという事を学びました。

御巣鷹山の悲劇

今から三十七年程前の出来事です。

一九八五年八月十二日、長野県との県境に程近い群馬県の上野村の山中に、日本航空のボーイング七四七型機が墜落し、五百人以上の人が亡くなるという航空事故史上最悪の大惨事がありました。

私は、小学校の息子二人と三人で、軽井沢の山の中にある小さな家で、夏休みを過ごしておりました。

子供達は夕方のテレビ漫画に夢中でしたが、私はまだ真っ暗とまではいかないベランダに出て、今までに聞いた事のない不思議な音に耳を傾けておりました。

日頃から、ヘリコプターのエンジン音はよく聞きましたが、ゴーと低い音の大きなエンジン音を聞くのは初めてで、不審に思いました。

その家は、長野県と群馬県の境目近くにあり、少し上の見晴らし台を下ると、もう群馬県になるような場所に建っていました。

後にテレビのニュースで分かった事でしたが、あのゴーという音が、まさに墜落した航空機の音だったのです。そうと知った時には鳥肌が立ちました。

今でも、あの低いエンジン音は耳にこびりついていて、忘れる事が出来ません。

本当に多くの命が、あのゴーという音と共に一瞬で御巣鷹山に散ってしまったのかと思うと、やりきれない思いが甦ります。

丁度、息子の家庭教師をしてくださっていた大学生のお兄さんも、あの飛行機に乗っていました。

あのような悲劇が二度と起きない事を、また、亡くなられた方々の御冥福を、心から祈るばかりです。

地下鉄のお婆さん

数年前、地下鉄に乗っていた時の事です。

私も七十歳を過ぎたので、もう堂堂とシルバーシートに座ってもいいかなと思い、八十代と思われるお婆さんの隣に、おもむろに座りました。

反対側の席には若いお母さんが、ベビーカーに赤ちゃんを乗せて座っていました。

しばらくすると、赤ちゃんが愚図り始めました。

若いお母さんはスマートホンに熱中していて、赤ちゃんが泣こうが知らん振りです。

すると、私の隣に座っていたお婆さんが、急に若いお母さんに向かって、「あなたケイタイばかり見ていて、赤ちゃんの事も見てあげないとダメよ！」と。

若いお母さんは気まずそうに「はい」と答えて、赤ちゃんをあやし始めました。

赤ちゃんは、ママが自分に注目してくれた事で泣き止みました。

するとお婆さんは、私に向かって「今のお母さんは駄目ね」と話しかけてきました。

そして、今度は「あなたは何年生まれなの」と聞いてきましたので、私は「戦後生まれです」と答えると、「戦後生まれも駄目ね。戦後は親が必死で生きるために、子供のしつけが出来てないのよ」と、私もとばっちりを受ける事に。

まあ、そう言われれば反論も出来ずに「はあ」としか答えようのない有様。

それでも心の奥では、何もない時代に育ったからこそ、創意工夫が出来る人間に育ったのだと、私なりに自負を感じました。

人は何かを失えば何かを得るのですから、帳尻が合えば善《よし》ですよね。

カラスのおじさん

三十年も前の話です。

当時、我が家は中野区にあり、休日は主人と共に新宿によく出かけました。

ある日、西新宿方面に行くため、大きな交差点を渡ろうとした折、時々見かけていた肩の上にカラスを乗せたおじさんと一緒になりました。

黒い革ジャンの背中には、白いカラスの糞がこびりついていますが、その日、カラスはおじさんの肩に居ませんでした。

しかも珍しく、ベビー用の乳母車を押しているのです。

交差点を渡り切った次の瞬間、おじさんはつまずいて、乳母車ごと倒れ込みました。

すると乳母車から、何個もの黒く光る拳銃が放り出され、おじさんは慌てた様子で拾い出しました。

七、八丁はあったような記憶ですが、一緒に交差点を渡っていた十人程の中の数人の人は、それを拾っては、おじさんに渡していました。
おじさんは「あっどうも」と受け取り、またその拳銃を乳母車の中に仕舞うと、何事もなかったかのように歩き去って行きました。

その光景は、まるで映画のワンシーンの様でもありました。

その場に居た人達は見てはいけないものを見てしまったという思いに苛まれました。

今でもあの時、拳銃を拾った人の気持は計り知れませんが、きっと本物だと分かった瞬間、やばい物を拾ってしまったと、後悔の念にかられているに違いないと思います。

おじさんを疑ってごめんなさい。でもいつも歌舞伎町界隈で見かけ、独特な雰囲気からあの風貌で布の被さっただけのベビーカー（昔風の）は私には、どうしてもカモフラージュにしか見えませんでした。

また、道に散らばった時の音、拾った人達の緊張感が私に伝わり、やばいものと感じてしまいました。

当時、新宿によく行く人ならカラスのおじさんを見ているはず。あの姿を見た方なら、私の話を信じてくださることでしょう。

あー、思い出しただけでも怖いです。

我が家のワンコ

もう十年以上も前の話ですが、我が家ではシーズー犬のマット君という雄犬を飼っておりました。

すでに、我が家には二人の男の子がおりましたので、マット君は三男坊という感じで、私は溺愛しておりました。最初は次男が〝マッド〟と名付けましたが、居間のテーブルの周りを狂ったように走り回るので、〝マット〟と改名したところ、とてもおとなしくなりました。今、思えば不思議なことでした。

マット君は七歳位の頃に、白内障になってしまいましたが、お散歩は欠かせませんでした。

ある日、マット君を好きな猫が現れ、いつもマット君に近づくのを待っています。猫はマット君の気を引こうと思っていますが、マット君は無反応、それを見ている私は、随分と楽しませてもらいました。

その後、マット君はダイエットのドッグフードに飽きたために、無農薬店でさつまいもを買う事にしましたが、お店の店長さんに「奥さん、おいもが好きなんですね」と言われ、私は「ええ」と答えるほかありませんでした。

当時は、今程ワンコのおやつの種類がなく、小さなボール型のビスケットのおやつをあげたところ、とても気に入りました。なにしろワンコも年を取ると、食が細くなってしまいます。何でも食べてくれると安心できました。

お菓子の会社の方が、自宅まで届けてくれましたが「もっと美味しいお菓子がいろいろありますよ」と、見本のお菓子を沢山くださるのには困りました。

年を取るとマット君はアレルギーが出て、毎週夫婦で動物病院に通う事になりました。手の先に注射を打つのですが、何年か続けた後、十五歳で天国に旅立ちました。

今も哲学堂（中野区）にあるお墓に眠っておりますが、我々も年を取り、もうワンコを飼う年齢ではないと諦めております。

今は小さな命が、人の心を癒してくれる事に感謝するばかりです。

原宿の猫

八〇年代半ば、四十歳前後の頃、よく原宿に出かけたものです。

何しろ、まだおばさんになりたくない年齢、可愛らしい洋服が竹下通りには溢れていました。十代、二十代狙いのため、値段はかなり安かったのです。私は飛び付いて買っておりました。

また、すぐそばの表参道にはブランド店が並び、最先端の流行を盗み取る事も出来ました。

そんなある時、数人の若者が道にしゃがんで何かを囲んでいるのです。

私がなんだろうと覗くと、そこにはぐったりした猫が居ました。

その日はかなり気温の高い日で、若者達は心配顔でただ動かない猫に手をこまねいているばかりでした。

当時、私は犬を飼っておりましたので、いつも小袋に入ったドッグフードを持ち歩いておりました。

そこで弱弱しく、ぐったりしている猫の口元にドッグフードを指し出すと、匂いで分かったのか、今まで死んだかのようにぴくりとも動かなかった猫が、急に起き上がり、ドッグフードをむしゃぶりつくように食べ出したので私もびっくり。

つまり猫は空腹で、その場から立ち上がる事も出来なかったようです。

多分二、三日何も食べ物にありつけなかったのでしょう。

周りに居た若者たちも、猫の食べっぷりにただただ驚くばかりでした。

あれが演技だとしたら、大した猫ですにゃん。

ファッションショーは夢のある場所

私は子供の頃から花が大好きで、花に囲まれていると心が癒され、特に母の育てていたバラの花の香りは、私にとって安心の香りでした。

あの頃は、まだ日本に入ってきたばかりのフラワーデザイン（今はフラワーアレンジメントと呼びますが）、私は大好きな花に携わる仕事をしたいと思い、フラワーデザイナーの免許を取得し、自宅で教室を開いていた事もありました。

まだフラワーデザインを勉強中の頃、ウエディングデザイナーの桂由美さんのショーに使う、ウエディングブーケづくりを手伝う傍ら、ショーにも出させていただいた事は、貴重な思い出のひとつです。

また、着物の着付け教室に三年程通いましたが、そこでもショーに出させていただき、着物の美しさと優雅さを再確認できる素敵な体験となりました。

私が小学生の頃、母に日本橋のデパートによく連れて行ってもらいました。当時のデパートでは、店内でファッションショーが行われ、おしゃれに興味のある私は、食い入るように見ていたことを覚えています。

また、私が二十歳の時、一九七二年、札幌オリンピック冬季大会の際のカネボウの広告モデルを頼まれた事がありました。

二子玉川にカネボウ化粧品の研究所があり、屋上での撮影でしたが、渋谷の生地屋さんで布を選んだり、楽しい思い出となりました。

私にとりまして、ファッションショーは、思い出が沢山詰まった、楽しい場所でした。

もう、あの頃には戻れませんからね。

せめて思い出に浸るくらいはお許しください。

ファッションショーは楽しい

二十代の初め、もう五十年も前のお話です。

当時フランス帰りの絵描きの御主人様と共に、青山の一等地で洋裁学校を営んでおりました原のぶ子先生は、当時としては珍しい立体断裁の最先端の技術を取り入れた方だったと思います。

その先生主宰のサロンデモードという名称のグループのファッションショーのお手伝いをさせていただいた事がありました。当時の会員の先生方は、今や立派なデザイナーとして活躍していらっしゃいます。

このファッションショーのスポンサーは日本航空だった関係から、こちらに出展されたデザイナーの先生方の中から、抽選で海外旅行がプレゼントされたのです。一ドル三百六十円の時代であり、海外旅行は高嶺の花でもありました。ショーでは当時の乗務員の制服を私が着る事になり、憧れのファッション（制服）を体験することが出来てとても嬉しかったことを覚えています。

原先生のお宅に伺うと、必ずフランス語で「ボンジュール・コマンタレブー（こんにちは、ごきげんいかが？）」などと挨拶されるハイカラな方でした。

私の結婚式のウエディングドレスも、先生の作品でした。今思うと贅沢な事でした。私が神田で安物の生地を買ってきて、オーダーをお願いしても、嫌な顔もせず、作ってくださる心の広い優しい方でした。

その反面、頭が良く厳しくもあり、私の生きる指針にもなりました。

子供の居らっしゃらない先生は、私がまだ小さかった子供を連れて伺うと、とても喜んでくださいました。御主人様が亡くなられ、きっとお淋しかったのでしょう。

原先生が亡くなられて随分経ちますが、私にとりましてとても素敵な日本人のデザイナーです。

み

一瞬で消えた演技学校

主人と結婚する前のお話です。

つまり二人はまだ十代の後半でした。

当時、主人は高校時代の友人と、流行し出したエレキバンドをやっており、私は友人と始終、主人の家に入り浸っておりました。

家は昭和初期に建てられた古い洋館で、広間はサンルームがあり、音が外に漏れにくく、お庭も広かったために、かなりの音にも、近所からの苦情もなかったようです。

私は週末のパーティーの時など、食事係として、お料理を作ったりしておりました。

主人のお母様は元女優さんでいらして、今風に言いますと超美人でした。

そんなお母様が、戦後消えてしまった演技学校の仲間と共に、新たに日本演技アカデミーという学校を新設しました。

副校長には、女優の淡島千景さんもいらっしゃいました。

私は時折、授業を見学させてもらいました。

その時の一期生に、西田敏行さんが居た事を覚えております。

後に、NHKのドラマでお見かけする事があり、出世した事を嬉しく思いました。

当時、一期生と共に群馬県の嬬恋村に合宿に行き、山登りをした事が思い出されます。

二期生には、藤圭子さんが入学してきましたが、その後数年で学校は消滅してしまいました。

当時、西田さんは、夢に向かう目がきらきらした好青年でしたが、年月が経ち、今はすっかり貫禄のあるおじ様役に……。

私共も同様に年を取ってしまいました。何しろ同じ年でしたから。

小型船舶免許

私は二十五歳頃、小型船舶航海士の免許を取得するため、渋谷にあったスクールに通いました。

定員五十人限定で授業を受けるのですが、女性は私ただひとりなのでびっくりでした。

一週間毎日受けた授業の後テストがあり、八十点以上取らないと、その場で落第になってしまう厳しいものでした。

筆記試験が終わると今度は教科書の丸暗記、そして多摩川べりでモーターボートによる実施の練習です。

雨の日も練習はあり、東京湾内で行われるのですが、他の船が通る度に横波を受け、おまけにしぶきで顔が濡れ、当時付けていた付けまつげが剥がれる始末。何とも滑稽な姿でした。

しかも練習は、いつもコーチと私以外の生徒がもうひとり乗り、三人一組となり行なわれました。

いつも一緒の私の相棒はかなり重そうな方でしたので、私はボートが沈まないか絶えず心配しておりました。

卒業試験は、法規を答えながら、また、船の運航をしながらのとてもハードな試験でした。

私はとりあえずストレートで無事に卒業する事が出来ました。

当時は、その免許証があれば、二十トン未満の船の船長になれると言われていました。

箱根の芦ノ湖の遊覧船の船長になれるとも聞きましたが、今は何の役にも立っていないので、あの苦労はなんだったのだろうと思うと、笑っちゃいます。

まあ頭の体操だったと思えば、少しは納得ですかね。

あの頃はあっという間に過ぎた

中学時代、遅刻しそうになると、乗り換えの須田町から学校までタクシーで確か百円以下だったと思います。

二十歳の頃でも千円札一枚あると、目白の美容院代八百円、タクシー代の往復の二百円という具合でした。

その美容院は、あの紀子様が結婚前に通われた美容院で、院長先生に雑誌のモデルを頼まれた事など思い出されます。

中学生の頃は、やる事といったら友人との食べ歩き、それも黒塗りの運転手付の車が沢山止まっている神田のやぶそば、確か制服を着たまま入ったのではなかったかしら。

おそばを食べたら次は友人の家の近くの甘味屋とお決まりでした。

その友人とは銀座のジャズ喫茶「アシベ」に通いました。ヤマハビルの地下に下りる壁には、ビートルズのサインがありました。当時はスパイダースがよく出演しておりました。もちろん、学校では禁止行為なので、その時は私服で行っていました。また、銀座のバス停前には、スリーファンキーズが出ているお店もあり、何度か行った覚えがあります。

一度、銀座の交差点で、スパイダースのかまやつひろしさんが、信号待ちをしていて。あまりの細さにびっくりした事があります。

あの頃は何も考えずに無駄に時を過ごしていたと思います。

当時の友人ともずっとお会い出来ていないので淋しいです。

十五年前、六十歳の還暦の時、同窓会がありました。

当時若々しかった先生方は、すっかり年を取ってしまわれ、時の早さにショックを受けました。今は学生時代の友人とおしゃべりをするのが楽しみです。結局、話題は昔話になってしまいますが……。

あとがき

人は沢山の思い出の中で生きています。

長い人生には、喜びや悲しみは山程ありますが、どんな経験も、人生の豊かさに繋がると信じています。

また、素晴らしい人との出会いは、夢を持って生きるためのきっかけにもなりました。

しかし、思い出は時間と共に遠くへ消えてしまいそうで、今回のような形で記憶に留める事にいたしました。

菊池　未生

著者プロフィール
菊池 未生（きくち みお）
東京都出身・在住。
文化学院大学部美術科卒業。
油彩画による個展を銀座のギャラリーで24回、フランスで１回開催する。
30年前より茶道具の絵付けを始める。
現在はテーブルウェアの絵付け、また染色も行う。

■著書
『癒しのラブソング』（2012年、文芸社）
『天国へ届けたい あなたへのメッセージ』（2016年、文芸社）
『70歳になってわかること』（2018年、文芸社）

想い出が遠くに消えないうちに

2022年８月15日　初版第１刷発行

著　者　菊池 未生
発行者　瓜谷 綱延
発行所　株式会社文芸社
〒160-0022　東京都新宿区新宿１－10－１
電話　03-5369-3060（代表）
03-5369-2299（販売）

印刷所　図書印刷株式会社

ISBN978-4-286-23849-4